KB070892

청어詩人選 118

# 천국의 계절

| 이영재 제2시집 |

청어

# 천국의 계절

이영재 지음

발행처 · 도서출판 청어
발행인 · 이영철
영　업 · 이동호
홍　보 · 최윤영
기　획 · 천성래 | 김홍순
편　집 · 방세화 | 이서윤
디자인 · 김바라 | 서경아
제작부장 · 공병한
인　쇄 · 두리터

등　록 · 1999년 5월 3일(제22-1541호)

1판 1쇄 인쇄 · 2014년 1월 10일
1판 1쇄 발행 · 2014년 1월 20일

주소 · 서울 서초구 효령로55길 45-8
대표전화 · 586-0477
팩시밀리 · 586-0478

홈페이지 · www.chungeobook.com
E-mail · ppi20@hanmail.net
ISBN · 979-11-85482-04-0 (03810)

# 천국의
## 계절

첫 시집, 『축복』을 출간한 지도 5년이 흘렀습니다.

고요한 시골 산책길에서 자연과 대화를 나누고,
영혼이 맑은 사람들과 교감을 나누고,
날마다 기도하는 가운데서 깨달음을 얻어 시를 썼습니다.
자연을 악보 삼은 서정의 노래, 일상을 악보 삼은 체험의 노래입니다.

오늘 저는 참 행복합니다.
그동안 건강, 경제적으로 어려움도 있었지만,
주님의 은혜로 제2시집 『천사의 계절』을 출간하게 되었습니다.
어려움 여건 속에서도 사랑으로 격려해준 남편 조광현 목사(牧師)와 먼 외국에서 성원해 준 착한 아들 영웅이,
십 년 세월 불변의 사랑으로 공궤해 주신 시초교회 교우들,

그리고 저를 기억하는 모든 분들과 이 기쁨을 나누고 싶습니다.

부족한 시집에 서문, 서평을 남겨주신 김년균 시인님, 손희락 평론가님께
고개 숙여 감사드리며, 이 세상 다하는 그 날까지 순수한 마음으로 부르는
'시의 노래'가 끝없이 지속되기를 기도합니다.

서천 시초교회 사택에서

이영재

# 사랑의 메시지와 실천적 기도의 삶

김년균(시인 · 한국문인협회 명예회장)

　아가페 문학회 회원인 이영재 시인이 『천국의 계절』을 상재한다. 시집 제목에서 감지되듯이 시인은 충남 서천에 소재한 장로교회 '목회자의 아내' 이다. 호칭을 높이면, '사모님' 이지만, 도시로 떠나버린 자식들 대신 연로한 교인들을 섬기며, 돌보는 아름다운 봉사자라고 생각된다.

　이영재 시인을 생각하니 문득 내 고향 교회가 생각난다. 가난하고 배고팠던 시절, 주일학교 아이들의 굶주린 배를 채워주기 위하여, 찌그러진 양은솥을 걸고 '기도의 불꽃' 으로 감자를 찌던 한 여인의 헌신이 그곳에도 있었다.

　목회자의 아내는 아무나 하는 것이 아니다. 영혼을 사랑하는 '뜨거운 마음' 과 소명감에 불타는 '희생정신' 이 있어야 한다. 특히 재정적으로 어려운 농촌교회는 더더욱 그럴 수밖에 없다.

시골할머니 보내주시는 샘플 화장품
젊은 엄마는 유분이 많아 맞지 않는다고
여섯 살 꼬마 손에 들려 내게로 보내져
앉은뱅이 화장대에 나래비를 선다

"사모님 화장품 다 쓰시면 저 주세요!"
빈 샘플 병 나오기 바쁘게
어린 것이 소꿉 살림으로 다시 챙겨 가는데
고맙습니다, 배꼽인사도 잊지 않는다

주일 오후, 유치부 꼬마 천사들 둘이
교회 현관 소파, 탁자 위에
빈 샘플 병 즐비하게 소꿉살림 차려 놓고
흡족한 얼굴로 함박웃음 짓는다

빈 샘플 병 가지고도
저리도 행복한 웃음 웃을 수 있다면
한 뼘 반 화장대에 나래비 선 샘플 천국
어찌 감사하지 않을 수 있으리요

—「화장품 샘플 천국」 전문


　중저가 화장품도 구입하기 힘든 목회자의 아내, 그 현실을
표현한 작품이다. 시의 운율이나 메시지의 함축을 논하기 전에

한 뼘 반 화장대에 진열된 샘플 병을 연상하니, 왠지 코끝이 찡하다. 빈 샘플 병 갖고 노는 아이들의 '표정'을 바라보면서 시인은 만족해하며 감사의 기도를 올린다.

피부 밸런스가 맞지 않아 보내주는 교인들의 작은 사랑에도 고마워하고 감동하는 시인의 마음은 자식을 위해 일평생 헌신하고도, 단돈 몇 만 원의 용돈에 감격하는 어머니의 모습이 아닐까 싶다.

샘플 병 집어 들고 손바닥에 툭툭치는 시인의 삶은 끝없는 탐욕으로 지쳐가는 현대인들에게 신선한 깨우침을 선물할 것 같다.


설 명절 지나 몇몇 분들 모여
쌀자루 메고 시골교회 찾아 갔습니다


몇 안 되는 의자 포개져 있고
구색만 갖춘 난로
차갑게 식어 있었습니다


목사님 손수 작업 중이신
껍질 벗긴 제피나무 지팡이 다섯 개
지팡이 수가 교인 머릿수 아닐까 생각했습니다


—「시골에서 시골로」 전문

텅 빈 시골 교회의 현실을 적나라하게 보여준 작품이다. 물질 만능의 시대. 소수의 양 떼들을 위하여 도시로 떠나지 못하고 눈물 흘려 기도하는 참 목자들이 존재한다.

도시의 대형교회들이 헌금의 나눔을 실천해야 할 것인데, 어려운 시골 교회가 더 어려운 교회를 돕고 있다는 사실에 감동을 받는다.

선한 구제의 중심에 목사님과, 교인들이 있다. '도시에서 시골로'가 아닌 '시골에서 시골로'이다.

이영재 시인의 가슴 속에는 '예수사랑'이 끓고 있다. 그 사랑은 자신에게 위탁된 양 떼들을 돌보고 양육하는 일에 머물지 않고, 나눔을 실천하는 아름다운 봉사로 확장된다. 그리고 한 편 시로 태어나 이 시대를 살아가는 기독인들의 정서에 영향을 끼친다.

문학은 '모사(謀事)'를 위한 꾸밈이나 작위적 수사(修辭)가 아니라 진실한 마음에 바탕을 둔 창의(創意)이다. 이영재의 시학은 꾸밈이 없어 순수하다. 그 순수함 속에는 진리적 메시지가 빛을 발하고 있다.

문학성이나 시적 기교가 중시되는 현실에서 체험적 인식과 삶의 진실을 노래한 시집의 출간을 축하하며, 기독교인의 한 사람으로서 시골 미 자립 교회를 섬기는 목회자와 사모님들께 존경을 표한다.

contents

## 1부 | 겨울 준비

## 2부 | 깨달음에 대하여

# 1
## 겨울 준비

인생의 겨울 준비,
집착하던 일 하나둘 벗어버리는 지혜
가을 나무로부터
배울 수 있으면 좋겠습니다

 • • • • • • • • • 천국의 계절

# 나는 누구

뜰 앞에 적송 세 그루
여름 가뭄에도
물 한 바가지 부어준 적 없는데

화분의 화초들
한겨울에도 이따금씩
흥건히 물 부어 적셔주어야 한다

대지에 뿌리 내린 나무들
하늘을 바라고
화분에 심겨진 화초들
내 손만 바라기 때문이다

나는 누구?
화분의 화초인가
대지에 뿌리박은 적송인가
진정 목마를 때 누구를 바라는가!

# 풍요 속의 빈곤

어렵게 살던 시절에도
골목 쥐 집안 쥐
떨어지는 몫 있었는데

음식물 쓰레기 넘치는 때
서생원 가족
배 쫄쫄 굶는다는 소식이다

냄새마저 새지 않게
비닐 꼭꼭 싸놓기 때문일 거야
시멘트 벽 두꺼워진 때문일 거야

두꺼워진 게 어디
시멘트 벽 뿐이겠어?
사람들 마음 벽 두꺼워진 때문이겠지

# 마음 단속

살만큼 살아오면서
마음 흔드는 이
없었던 것은 아니지만
마음 단속 급급했던 기억뿐,

십대 후반 이른 객지 생활
아버지 얼굴 생각나 마음 단속
결혼하여 아이 낳고는
아이 얼굴 생각나 마음 단속

아버지 하늘나라 가시고
아이가 둥지 떠난 지금도,
마음 하나 맑기 바라는
아(我) 얼굴 생각에 여전히 마음 단속

# 낙화(洛花)


가는 것이 아니에요
슬퍼 말아요

떠나는 것이 아니에요
울지 말아요

저 머물던 자리
가만 눈 여겨 보시어요

솜털 보송한
제 작은 꿈 보이시나요?

출산 위한 거룩한 춤사위
사람들 낙화라 부르지요

# 한계상황

사람마다 한계상황에 빠지지 말지니
마음의 여유 잃어버리고
바쁘다는 이유 하나로
주변에 상처 만들 수 있기 때문이다

한계상황이라는 게
외부 요인일 수도 있지만
대개는
본인의 선택일 때가 더 많은 것 같다

일중독인 사람들
성취욕이 강한 사람들
일만 보고 좇아가다
한계상황 터널 속에 갇히기 십상이다

주변을 돌아볼 수 있는
마음의 여유 얻기 위하여
욕심을 버리는 것이
지혜 중의 지혜라고 깨닫는다

# 전리품(戰利品)

출애굽 공동체 이스라엘이
난공불락의 성 여리고를 정복한 뒤에
전리품 중 하나도 개인이 취하지 말고
여호와께 온전히 바치라 하셨습니다*

거대한 성 여리고 정복은
창이나 칼로 쟁취한 것이 아니라
여호와의 능력으로 승리하게 된 것임을
인정하라는 교훈으로 받았습니다

매일 매일의 삶속에서 만나는
모든 전리품, 칭찬과 사랑까지도
온전히 그분의 것임을 아는 삶
진정한 행복과 안정입니다

*구약성경 여호수아 6장 17~19절 참고

# 존경심

달랑 아들 하나 둔 나는
아이 둘 셋 거느린 엄마 보면
무조건 존경하고 싶어진다

새끼 일곱 낳은 진순이
밥 주러 갈 때마다
머리 쓰다듬어 준다

병아리 아홉 거느린
어미닭 앞에도
절을 하고 싶어진다

# 다독다독 아버지 인생 추수마당

생전의 우리 아버지,
밥상 위에 간장 종지 고추장 종지
수저 끝으로 한 술 덜어 내실 때도
언제나 예외 없이 밖에서 안으로 다독다독

가난을 벗으로 팔남매 기르실 때도 다독다독
가출 짐 싸들고 나온 생질도 눈물로 다독다독
취직자리 없어 애타는 옆 마을 과수댁 아들도
아들에게 어렵사리 일자리 부탁해주며 다독다독

지상에서의 마지막 날 밤
링거 병 끌고 밤새 화장실 출입하시면서도
묻는 말조차 대답 않는 냉랭한 간호사에게도
잠 못 자 고단해서 어떡하냐고 다독다독

다독다독 아버지 인생 추수 마당에는
중년의 생질, 옆 마을 과수댁도 눈물로 조문하고
칠십오 평생 두 겹 이루고도 남는 꽃 행렬
빈소에서 마당까지 향기로 줄을 서더이다

# 겨울 준비

겨울 준비,
가을나무 무성했던 잎 벗어 가지 가볍게 하는데
사람들 한 겹 두 겹 옷 껴입어 몸이 비둔해집니다

노년 욕심을 노욕이라 하더니
금이 간 질그릇 같이 몸 버걱거리시는 어르신들,
일손 포기하지 못하고 일하시다 변을 당하십니다

부슬부슬 가을 빗속에 팥 여섯 말 거두시고
허리 무너져 수술 들어가신 앞집 할머니,
아픈 다리로 참깨 일곱 말 거두시고
무릎수술 들이가신 건니 마을 할머니,

지난 주일엔,
뇌졸중으로 두 번 쓰러지시고도
밭농사에 남의 일까지 다니시던 팔순 어르신
마늘 심다 쓰러져 구급차에 실려 가셨습니다

인생의 겨울 준비,
집착하던 일 하나둘 벗어버리는 지혜
가을나무로부터 배울 수 있으면 좋겠습니다

# 시골에서 시골로

설 명절 지나 몇몇 분들 모여
쌀자루 메고 시골교회 찾아갔습니다

몇 안 되는 의자 포개져 있고
구색만 맞춘 난로
차갑게 식어 있었습니다

목사님 손수 작업 중이신
껍질 벗긴 제피나무 지팡이 다섯 개,
지팡이 수가 교인 머릿수 아닐까 생각했습니다

# 밀어내기

잘 된 사진 한 장을 위하여
잡다한 주변 사물
액정화면 들어서지 못하게
밀어내기 작업 하듯이

각종 매체 통해
일상으로 뛰어드는 거친 말,
결말이 빤한 유혹들
밀어내기 작업을 합니다

눈 뜨고 일어나 잠들기까지
반자동으로 작동되는 조리개
사람이 무엇으로 심든지
그대로 거두리라는 말씀,

구속(拘束)의 의미 아닌
신뢰와 평안으로 따르는 것은
오늘 심은 일상으로
내일을 거두는 줄 알기 때문입니다

# 억새길 묵상

바람 없는 날 억새무리
각기 다른 방향 시선 돌리고
할 일 없는 노숙자로
머쓱하니 서 있다가도

바람 일어 불라치면
일제히 한 방향으로 일어서서
하얀 깃발 나부끼며
전력 질주하는 모습 봅니다

인생도 그와 같아
때로는 환란의 바람으로
가족이, 일터가
한 방향으로 일어서게 되는 때가 있습니다

# 그들이 내게 물었다

주름살 하나 없이 고요한 호수
피겨 퀸 닮은 오리 내게 물었다
"나처럼 수영할 수 있어?"

큰 천(川) 제방 둑 훌쩍 넘던 고라니
힐끗 돌아보며 내게 물었다
"나처럼 멀리 뛰기 할 수 있어?"

멀찍이 서 있던 천방 산
물끄러미 내려다보다 내게 물었다
"나처럼 멀리 볼 수 있어?"

쯧쯧쯧~ 애들아, 이해해다오!
소박한 행복 꿈꾸기 위해
승부욕을 버린 지 아주 오래란다

# 어머니 마음

마주할 이 없어
식탁이 외로운 어머니는
아들 전화 한 통화에 혀가 동하여
이내 쌀 씻어 밥부터 안치는데,

오늘도 바삐 일 보고
선걸음으로 돌아서려는 아들
밥 한술 뜨고 가라고
허리 굽은 노모가 붙잡고 늘어지신다

도회지가 아니라도
시골길 모롱이마다 맛집 멋집 있어
아무 때고 시장기 해결할 수 있는 세상
바쁜 아들은 어미 통사정이 부담스럽다

이 세상에 태어난 사람들
언젠가 혼자 남을 날 있으리니
오늘 식탁에 마주할 이 있음에 감사하자!
수저장단 그쳐 외로운 이들을 기억하자!

# 달팽이

나에게 뿔이 두 개 있지만
공격을 위한 것은 아니랍니다
누구를 들이받아 본 적도 없답니다
맘에 안 들면 그저 돌아서 가지요

하지만 감지 기능만은 뛰어나서
비록 근시라도 길 가는 데 불편함이 없고
자유자재로 접었다 폈다 할 수도 있는
첨단 안테나 기능 갖고 있답니다

흙에 배를 깔고 기어 다니지만
몸에 오물 한번 묻은 적도 없답니다
내 안에 맑은 물 내어 길 닦으며 가니까요
제가 지나간 자리 비단발자국이 남지요

길 가다 목마르면 쉬어가지요
등에 지고 다니는 작고 아담한 나의 집
동그란 대문 지그시 눌러 닫고
촉촉한 날 주시기를 기도하며 기다리지요

# 또 하나의 출산

독주회를 앞두고 있는
아들을 바라보는 어미 마음
분만실로 들어가는
딸을 바라보는 어미의 마음,

네가 처음 세상에 오던 날에는
어미가 열어주는 길을 따라
작은 주먹 꼭 쥐고
네가 어미 뒤를 따랐는데

오늘 연주회 날에는
네가 열어주는 음악의 길을 따라
두 손 땀나게 움켜쥐고
어미가 뒤를 따르는 구나

턱시도 흠씬 젖어 연주를 마치면
터지는 박수갈채 소리 함께
너의 산고는 말끔히 개이고
어미도 그제야 세상으로 나온다

# 자동차보다 발입니다

자동차는 큰 동그라미 발이 네 개
나는 작은 긴 동그라미 발이 두 개

자동차는 기름, 가스 먹어야 가고
내 발은 연료 없이도 잘도 갑니다

자동차는 포장길 곧은 길 좋아하고
내 발은 흙길 구부러진 길 더 좋아합니다

자동차는 신호등 표지판 눈치 보며 다니고
내 발은 마음 내키는 대로 다닙니다

자동차는 주변 시끄럽게 울며 다니고
내 발은 자연에 귀 기울이며 다닙니다

몸값 비싼 자동차라도 언젠가 헤어지고
작은 내 발, 인생 종착역까지 함께 갑니다

# 다듬기

허허로운 들판
사투 속에 겨울 넘어 온 봄나물
식탁에 오르기 전
누더기 진 잎 다듬기 필수지

2박 3일 여행지에서
밤새워 꾸린 이야기보따리
가족들 앞에 풀 때도
다듬기가 필수지

들에서 캐 온 나물보따리
식탁에 오르기 전 선별하고 다듬듯
보따리 속 이야기 사람들 앞에 풀 때도
선별과 다듬기 필수랍니다

# 우리 만남이

우리 만남이
대지에 뿌리 내린
두 그루 나무라면 좋겠네

바람 부는 날
유월의 자작나무 잎처럼
어깨 부비며 재잘대도 좋으리

고독한 날에는
땅 속 깊이 뿌리로 만나
영혼 깊은 대화 나누면 좋으리

우리 만남이
대지에 뿌리 내린
두 그루 나무라면 좋겠네

# 2
## 깨달음에 대하여

머리에서 가슴으로
가슴에서 손발까지 내려온 깨달음이라면
굳이 말을 도구로 가르칠 필요 있겠는가

 • • • • • • • • • 천국의 계절

# 자유

누가 이렇게 말했다
"나도 누구처럼
어느 날 갑자기
자유 찾아 떠날지 몰라요"

자유(自由),
마음 가자는 대로 가는 게 자유일까?
눈이 가자는 대로 가는 게 자유일까?
발이 가자는 대로 가는 게 자유일까?

밧세바에 취하여 눈이 이끄는 대로
마음 이끄는 대로 따라갔던 다윗은
자식의 대에서 죄의 열매를 거두는
불행한 아비가 되고 말았다

제자리 지키는 것이 자유다
프란체스카는 그것을 알았기에
가족이 있는 집을 떠나지 않았다
지금 서 있는 자리가 자유다

# 그릇만큼

채울 만큼 채워주어도
여전히 칭얼대는 이 있을 때
아직도 허기진 부분
남아 있기 때문이라고 이해합니다

밥공기 꾹꾹 눌러
고봉으로 담은 밥이라도
양푼에 쏟으면
그저 한 귀퉁이 붙을 뿐이지요

누군가를 향하여
서운한 마음 일어날 때
내 욕심 그릇 너무
염치없이 큰 때문이라고 생각합니다

투정하는 이 있을 때
그의 허기진 시간 헤아려주고
내 서운한 일 있을 때
욕심 그릇 줄여가며 살면 좋겠습니다

# 날마다 나물 캐는 아내

논둑 쑥 조팝 꽃잎만할 때부터
손끝 풀물 들기 시작하더니
날마다 나물 캐는 아내
초여름에도 손톱 밑 파랗다

저녁 해 한 발 남겨두고도
냅다 들판으로 달려 나가
돌미나리 오려다 상에 올리니
남편이 "그렇게 재밌어?"라고 한다

야속한 당신,
꿩나물, 소루쟁이 넣고 끓인 국
된장국으로 보이셨나요?
호미로 캐온 봄국이라 불러주시지요

한 시간 캐고
손질하는 데 두 시간,
나물 다듬는 줄 아셨나요?
우주를 다듬는 것인 줄 모르셨나요?

# 닭똥집

닭 잡는 것을 보았다
똥집 뒤집어 씻을 때
보리쌀 서너 톨 볍씨 몇 알
바닥에 뒹구는 것 보고 생각이 깊었다

인심 고약한 닭장
아귀다툼으로 삼킨 것이
고작 낱알 몇 개라니
그것도 채 소화도 되지 않은……

우리네 인생길 목숨 꽃 지고나면
쇠스랑 손으로 일궈 온 전답(田畓)도
닭똥집 속 서너 톨 보리
볍씨 몇 알 같으리라

# 택배

종종걸음 어렵사리 짐 꾸리고
택배 차 시간약속하고
보내는 마음 며칠 전부터 분주하다

잘 도착했다고 맘에 쏙 든다고
전화 받고나서야
후유~ 하는 게 택배지만,

잘 갔느냐고 맘에 드느냐고
먼저 전화하는 이는
대개 보낸 사람이다

날마다 하늘에서 택배가 온다
궁금해 하시는 하늘아버지 마음
택배 보내다 깨달았다

하늘아빠 아버지께 감사 답문 올린다
이팝 꽃향기 잘 받았다고
오늘 봄비 택배 잘 받았다고

# 깨달음에 대하여

머리에 머물기만 하고
가슴까지 내려오지 않은 깨달음이라면
그 앎으로 남 가르치지 말기다

가슴 뜨거웠어도
손발까지 내려온 사랑 아니라면
그 열의 강도로 남 가르치지 말기다

머리에서 가슴으로
가슴에서 손발까지 내려온 깨달음이라면
굳이 말을 도구로 가르칠 필요 있겠는가

# 가는 세월도 고맙다

수술하고 나흘 만에 가스 나오고
처음 받은 것은 맹물 30cc……
10cc씩 나누어 10번씩 씹어
1시간에 걸쳐 마시라고 했었지

항암치료 받을 때
남편이 쪄 온 손가락 같은 햇고구마
한 마디 먹고 숨 못 쉴 만큼 고생했었지

의무감으로 먹다먹다 남은 바나나 반 토막
냉장고 속에 넣어 놓으면 까맣게 변하여
끝내 먹지 못하고 버리기 일쑤었었지

물 한 컵 마시면서 감사가 넘친다
바나나 한 줄 먹으면서 감사한다
고구마 한 입 베어 물고 또 감사한다

어느새 1년,
가는 세월도 고맙다

# 인생 계단

이 세상 갓 태어나 밤낮 누워만 있다가
생후 오 개월, 고개 들고 냅다 엎치기!

배밀이 하다가 무릎으로 기다가
엉덩이로 앉다가 벽 짚고 일어서기!

따루따루 서다가 한 발 한 발 떼다가
아장아장 걷다가 종종종종 달리기!

성장 오르막길 한 계단 한 계단
주변사람들 박수 환희 속에 오르고

육체 내리막길 허리 디스크, 관절염
지팡이 짚고 한숨으로 내려갑니다

# 선인장 꽃

삼 년 기다린 꿈
난생처음
나의 뜰에서
선인장 꽃을 보다

긴 목 꽃망울
석양빛에 꽃눈 뜨고
온 밤 너머
반나절 세상 구경

남은 반나절
꽃잎 오므리고
온 저녁 새김질,
그예 돌아가시다

하루 걸음이라고
눈 흘기지 말아야지
가시 길 헤치고 다녀가신
그 정성, 가슴에 새겨야지

# 마음 접기

빈 라면 봉지도 별 것이던 시절
예쁘게 접어 방석도 만들고
화분 받침대도 만들어
멋진 도구로 쓰던 때가 있었지

다 먹은 과자 빈 봉지
볼썽사납게 구겨 버리지 말고
편지 접기로 곱게 접어주자고
아이들과 새끼손가락 건다

생각 없이 그냥 버리면
부스럭! 부스럭!
자꾸 일어서는 구겨진 빈 봉지
곱게 접어주면 주변이 잠잠해진다

빈 봉지도 멋진 변신을 꿈꾸는데
하물며 우리들 마음이랴!
구겨진 마음도 곱게 여며 접어보자
그 작업이 나에게는 시(詩)가 된다

# 가을 애상(愛賞)


가시는 손님
보내는 아쉬움,
오시는 손님
맞는 설렘으로 지운다

스러진 푸른 잎
애도하며 걷는 산책길
빈 들 건너
호수에 가보니,

아,
언제 오셨나?
물 버들 사이 노니는
청둥오리 반가워라!

# 큰오빠

'당신이 세상 물정 너무 모른다고……'
어느 누가 말했지
맞지 그 말이 맞지
그렇지 않고야 결혼반지 팔아
됫박 쌀로 동생 줄줄이 거느릴 엄두 냈겠어?

맞지 그 말이 맞지
세상 잇속 뻔하고야
피 말리는 가계수표 긁어가며
동생들 학자금 뒷바라지 했겠어?

맞지 그 말이 맞지
그래서 내가 대답했지
당신 세상 물정 밝았다면
일곱 동생 오늘 없었다고

세상 셈법 뒤로 사시는 당신
세월이 은 면류관 씌워도
세월이 어쩌지 못하는 영원한 소년
당신은 우리의 고향이십니다

# 활엽수 인생

인생의 가을 나무
무수히 달고 있던
잎 지는 소리 우수수

하마 허리 무너지고
노루 다리 스러지고
자식마저 멀리 가네

잎 지고 나니
드러나는 빈 가지
상실감으로 휘청이네

내 인생 가을 나무
잎 다 지고 사라져도
그분 사랑 노래 부를 수 있기를

# 물고기야, 미안해

세탁기에 하얀 가루세제 넣을 때나
설거지 위해 주방세제 펌프 할 때마다
우리 집 하수구를 상수원으로 쓰는
물고기 친구들 재채기 소리가 들린다

어릴 적 엄마 따라 개울 빨래터에 가면
쪼르르 마중 나오던 어린 물고기 떼
빨래 돌 가까이까지 겁도 없이 다가와
천연히 노는 모습 볼 수 있었는데,

하얗게 하얗게 더 하얗게
새하얀 빨래 선호하는 만큼
더 강해지고 독해진 세제 때문에
요즘 하천엔 피라미 떼 볼 수가 없다

쌀 등겨로 만든 옛날 엄마 표 비누,
모양도 향기도 없던 착한 비누였는데
눈과 코를 자극하는 세제의 화려한 변신으로
산천이 몸살을 앓고 있다

# 노모의 젖통은 자식입니다

올해 구순 되신 머리 하얀 어르신,
가끔 뵐 때마다 구차하신 얼굴로
팔십 하고 구십 하고는
몸도 마음도 천~지 차이라고 하셨습니다

그러시던 분이 요즘 얼굴이 화악 바뀌셨습니다
온종일 놀이 시설에 맡겨졌던 아이
엄마가 찾아 갔을 때 활짝 핀 얼굴이랄까요,
어미 젖무덤 앞에서 흡족한 아기 얼굴이랄까요

노모 얼굴의 비밀은
젊어서 객지에 내주었던 큰아들 내외가
서울 살림 청산하고 귀향했기 때문이었습니다
홀로 계신 노모를 모시기 위한 귀향이었지요

세월 따라 효도도 편의주의로 흘러
요양 시설로 가시는 어르신들 많아지는 때에
아이 같이 해맑은 구순 얼굴 뵈면서
노모의 젖통, 장성한 자식이란 걸 깨달았습니다

# 풀꽃 열정

나무 빼곡한 숲 속
풀꽃 친구들
여리고 가느다란 줄기
대개는 구불구불 곡선이네

큰 나뭇가지 새어드는
은총 같은 틈새 빛 따라
옹색한 자리 몸부림
무릎 굽고 허리 휘었네

휘어지고 굽었으면 어떠리!
숲 속 불 밝힌 풀꽃등(燈)
빛을 향한 지극한 열정
내가 따르고 싶은 열정이네

# 비 내리는 날의 비상

내리는 비,
내 영역 밖의 일
막을 방법이 없네

사람과 사람
관계 속에도 비가 내리네
피할 수가 없네

비 오는 날에도
먹구름 위 맑은 하늘 길을
환하게 날아다니는 비행기처럼

마음과 생각 두 날개 펴고 비상
비구름 뚫고 맑은 하늘 길로 다니기,
내리는 비, 달리 피할 방법이 없네

# 어느 세미나 장소에서

A형: 소. 세. 지.
소심하고 세심하고 지랄 맞고
B형: 오 .이. 지.
오지랖 넓고 이기적이고 지랄 맞고
O형: 단. 무. 지.
단순 무식에 지랄 맞고
AB형: 지. 지. 지.
지랄 맞고 지랄 맞고 지랄 맞고

경청하던 사람들 모두 폭소~
위 분류에 따르면 나는 '오. 이. 지.' 다

오지랖 넓다는 것은 어느 정도 인정,
하지만 이기적이란 말에 갸우뚱 했는데
웃음이 잦아들 즈음 피어오른 생각하나
이제껏 자신이 상할 만큼
누구를 좋아해본 적이 없다는 것……

그것은 아마도, 일상의 균열을 염려하는
이기적이고 자기애(自己愛)적인 방어 아니었을까?

# 리모델링

요즘은
노인 한 분 사시는 시골집이라도
입식 부엌 아닌 집이 하나도 없고
처마 길게 내달고 화장실까지 만들어
집 안에서 모든 일 해결하고 사십니다

창호지 한 장으로
차가운 외풍 맞대고 살던 집
미닫이문 겹으로 달아 바람 길 막고
마당엔 풀 한 포기 얼씬 못하게
시멘트로 꼼꼼히 싸 발라 놓았습니다

육신의 편리 따라
꼼꼼하게 고쳐 지은 집
편리한 점도 많이 있겠지만
햇빛, 바람, 야생초 발걸음 막아
자연이 드나들기는 영 어렵게 되었습니다

헌 집도 새 집도
편리 따라 고쳐 사는 세상 살면서
사람들 스스럼없이 찾아와 쉬었다 갈
널찍한 마음 한 칸 마련할 수 있었으면,
마음의 집 리모델링 생각해 보았습니다

# 3
## 천국의 계절

인생의 계절
한 번뿐임을 불쌍히 여겨
해마다
봄을 선물로 주시나 보다

 • • • • • • • • • 천국의 계절

# 지구 한 편에서는

깡마른 젖먹이 얼굴 들여다보며
얼굴 까만 엄마가 울먹이며 말했습니다
"아이에게 콩을 먹이고 싶어요"

지구 한 편에서는
아이들이 밥에서 콩을 골라내고
또 한 편에서는
콩을 먹이지 못해 울먹이는 엄마가 있습니다

지구 한 편에서는
기아대책이 가장 큰 관심사이고
또 한 편에서는
다이어트가 온 국민의 관심사가 되었습니다

기아문제
모자람 때문 아니라
나눔의 문제라는 것을 알았습니다

# 행복한 콩쥐

욕조에 널브러진 속옷가지
따뜻한 물에 세제 풀어 땟국 빼고
비누로 한 번 더 비벼
삶는 빨래 양푼으로 들어가고

손 만두 모양 도르르 말려
방바닥에 뒹구는 양말짝
비누로 치대고 비벼
양말 대야에 집어넣는 일

날마다 반복되는 일상이라도
그리 싫지 않은 것은
내 맡은 역할이
행복한 콩쥐이기 때문이다

행복한 콩쥐 좋아하는 책은
창세기 1장,
행복한 콩쥐 좋아하는 말은
'재창조도 창조다'

# 시골 사랑

시골은 키 재기 하지 않는다
큰 산 작은 산 아래
올망졸망 키 작은 집짓고 산다
교회 종탑도 산 아래다

도시는 키 재기 좋아하나보다
산보다 키가 큰 집 짓고
빌딩 숲 사이를 누비는 사람들도
키 높이 신발 신고 키 재기 한다

어쩌다 상행선 기차를 타면
서울 가까이 갈수록
점점 더 우거지는 시멘트 숲
가린 시야가 답답하고 성가시다

키 작은 집과 사람들 함께 살면서
탁 트인 시야를 좋아하는 나는
반나절도 지나지 않아
두고 간 시골이 그리워진다

# 그림책 속으로

아주 커다란 그림책 있어요
날마다 그림이 달라지는

꽃과 나무 자라고
바람 불고 향기도 나지요

눈, 비에 젖어도 괜찮아요
해님 바람 구름도 친구니까요

오늘도 그림책 속으로 들어가요
다락방에 숨어드는 아이처럼

# 낙엽을 밟으며

고인 물만 보면
잘방잘방 밟고 지나가는 아이처럼
길 위에 낙엽만 보면
바시락바시락 밟아가며 귀 기울인다

늦은 가뭄 탓이었을까
올가을 낙엽 유난히 버석이더니
첫눈 녹은 물 마시고 마음이 풀려
이제야 목소리 누그러졌다

봄부터 가을까지
가지에 매달려 열심히 살아왔단다
이제 저린 손 풀고
땅에 누워 녹녹히 잠을 청하는 모습

아버지 흙집에 누우시던 날
그 편안함이다
'흙에서 왔으니 흙으로 돌아갈 것이니라' *
잘 가시오, 그대 자연의 아들과 딸들이여……

*구약성경 창세기 3:19 참고

# 하늘나라 진, 선, 미

우리 집 현관에는
미스코리아 진선미
철을 따라 줄을 선다

둥글둥글 윤기 흐르는 단감,
"어머, 감농사가 잘 되었나 봐요?"
"얼라~ 이쁜 늠만 골라 왔지요!"

주근깨 콕콕 박힌 복숭아,
"이래 뵈도 우리 집에서
미스코리아 진선미만 골라 온 거예요"

주인 손에 뽑혀 온
진선미 먹을거리 받아 들 때마다
부끄럽고 황송한 마음, 기도가 길다

# 천국의 계절

인생의 계절
한 번뿐임을 불쌍히 여겨
해마다
봄을 선물로 주시나 보다

하지만
봄을 비우는 일
밥그릇 비우는 일 같아
먹은 만큼 쇠해지니

이를 안타까이 여겨
천국을 주셨나 보다
천국의 계절
언제나 봄일 것이니

# 밖에서 웃는 그대

밖의 사람들 속에서
햇살 같이 웃고 있는 그대
입 꼬리가 귀에 걸려
내려올 줄 모르네요

둥지 속 그대 사람들
그런 그대 얼굴 바라보며
의아해합니다
이내 서운해집니다

안에서 그대
언제나 무표정한 얼굴인데
밖에서 그대
언제나 웃는 얼굴입니다

오늘도 그대는 부재중,
밖에서 웃고 계신가요?
둥지 밖에서 웃는 그대
헷갈립니다

# 풀밭예찬

푸른 별 지표면
아스팔트와 풀밭
땅거죽 덮는 직임 같으나
둘의 성향 사뭇 다릅니다

속까지 검은 아스팔트
생명체 하나 얼씬 못하나
속이 푸른 풀밭
종(種)을 넘어 더불어 삽니다

딱딱한 아스팔트
침입자 무차별 깔아뭉개지만
부드러운 풀밭
살포시 눌려 받아줍니다

"풀이 웬수여 웬수!"
시골 할머니 욕먹으면서도
"해해해~"
창조주 명령 수행 중입니다

# 초대

천방 산(山) 일곱 봉우리
발 틈 새 마다 들어 선 마을들
한 마을 서너 가구
마을 인구 아홉인 곳도 있다

넓은 들판 길 걷노라면,
멀리 사방 야트막한 산(山)뿐이라도
산보다 키가 큰 집 하나도 없어
시야에 부담 없어 좋아라

위에 계신 크신 아버지
산(山)으로 믿고 기대고
키 낮추고 사는 이 보는 듯
평화로운 안정감이 좋아라

시야에 가리는 게 많아
일상이 성가신 이들
서쪽 시골 마을로 오세요
돋움 발 낮추고 이야기 꽃 피워 봅시다

# 말은 배설입니다

음식은 입으로 먹고
말은 귀로 먹는 음식입니다
온유한 입술 원한다면
온유한 말 먹어야 합니다

좋은 변 보려면
음식 섭취 조심해야 하듯이
좋은 말 위해서는
귀 환경을 조심해야 합니다

아이들 말 거칠어서 고민이신가요?
고운 말 고운 노래 먼저 들려주세요
얼마 안가 고운 말 고운 노래
입에서 흘러나오게 됩니다

거칠고 자극적인 말 난무하는
티비 연예프로그램 즐겨 보면서
고운 말 온유한 말 기대할 수 없습니다
입 음식보다 귀 음식 더 조심할 일입니다

# 보이지 않는 얼굴

엄마가 싸주신 도시락을 열면
어리는 정다운 엄마 얼굴
보이지 않는 얼굴입니다

친구들과 찍은 사진 속에
보이지 않는 한 사람 얼굴
사진 찍어 준 친구 얼굴입니다

가깝게 또는 멀리
우리가 누리고 있는 모든 것들
보이지 않는 얼굴들 덕분입니다

행여 방자해지지 않도록
보이지 않는 얼굴들 생각하며
겸손과 감사로 살아야겠습니다

# 보상의 시간

큰 일 치룬 뒤에나
먼 길 다녀온 다음 날에는
되는 대로 일감 포개 놓고
하릴 없이 나만 데리고 놀아준다

컴퓨터 앞에 앉았다
배달된 시집도 읽다
여기저기 문자, 카톡도 날리며
마음에 부담도 없이 뒹굴뒹굴

입맛 당기는 대로
시도 때도 없이 냉장고 열고 닫고
허기지고 움츠렸던 몸과 마음
채워주고 풀어주는 보상의 시간

오늘도 투덕투덕 일감 쌓아두고
오전이 다가도록 혼자 놀고 있다
종종걸음 버스 타고 기차 타고
2박 3일 먼 길 다녀온 다음날

# 피해보상

여덟 살 꼬마랑 공기놀이하는데
"에에취~" 재채기가 나왔다
손등에 공기 얹고 낚아채기 하던 녀석이
대뜸 "피해보상~"을 외치기에
그게 뭔말인고 물었더니
낚아채기 할 때 방해를 했으니
한 번 더 할 수 있도록
보상을 해주는 것이 법이라고 했다
꼼짝없이 그렇게 하라고 했다

어쩌다 어린 것들 놀이에까지
피해보상이란 말이 등장하게 되고
생리현상으로 하게 된 실수까지
눈 똥그랗게 뜨고 법으로 따지게 되었는지
뒷맛이 씁쓸하다

# 결혼 조건

잘 먹는 사람
잘 웃는 사람
잘 자는 사람

테레사 수녀가 함께 일할 사람
구하는 조건이었습니다

며느릿감 사윗감 구할 때
염두에 두면 좋겠네요

하지만 기억하세요
정반대의 사람 만날 수도 있습니다

결혼, 어떤 이에게는
사명이기 때문입니다

# 깨끗한 그릇

사내아이 다섯이 연신 드나들더니
급기야 부엌에서 한 녀석이 소리쳤다

"사모님, 컵이 하나도 없어요!"

개수대에 그득 쌓여 있는 컵!
녀석이 컵이 없다고 한 것은
사용할 컵이 없다는 것이었다

금(金)그릇 은(銀)그릇 질그릇 많아도
씻지 않은 그릇 쓸 수가 없으니,
질이 아니라 깨끗한 게 문제다!

하루 세 끼 식사하는 일
주인과 그릇의 만남이거니
쓰임 받기 위해 끊임없이 씻겨야 한다!

# 모퉁이 곡식

전능자께서 말씀하시기를
네 땅에서 곡식 거둘 때에
나그네와 가난한 자들 위하여
밭모퉁이 곡식 남겨두라 하셨습니다

두 눈 부릅뜨고 두 주먹 불끈 쥐고
앞만 보고 달려가는 그대여
오늘 주어진 하루
모퉁이 시간 여백으로 남겨둡시다

너무 지쳐서 힘 다 소진하면
남 돌아볼 여유 사라져
인색한 마음 될까 염려되오니,
속도 줄이고 주변 한번 돌아보십시다

내 땅의 곡식이라도
그중의 일부 내 것이 아니듯
오늘 주어진 하루 이 작은 육신도
일부분 남을 위한 몫이기 때문입니다

# 깔깔 무지개

오십 넘은 가시내들
서해에 부는 봄바람 타고
학꽁치 낚시하러 태안 가던 날
꽁치 못 낚고 깔깔 무지개만 낚았지

빨, 주, 노, 초, 파, 남, 보
일곱 빛깔 무지개
탐라왕국 제주 하늘까지 띄워보자
새끼손가락 걸었지

초록, 보라에게 찾아온
뜻밖의 병원나들이, 두 해를 기다리다
방주를 빠져나온 일곱 가시내
벚꽃 핀 탐라 왕국에 무지개 띄웠네

용머리 해안 바위 틈 누비고
우도 정상에 뜬 일곱 빛깔 무지개
최종 행선지는 아버지 계신 저 천국,
그때까지 깔깔 무지개 영원하라!

# 빈 들판이 주는 평안

한 해 소임 다하고,
덮을 것까지 소먹이로 다 내주고
벗은 몸으로 동면에 든 들판
정복 벗고 누운 평안함이네

하얀 홀씨
바람 탈곡 마치고
머리 가벼워진 억새
바람 불어도 머리 꼿꼿하네

날개옷 입은 홀씨 등짐
바람 가마 태워 모두 출가시키고
속이 빈 박주가리
비 소식에도 근심하지 않네

십여 년 직장 나올 때 받은 퇴직금
아우 대학 등록금 대주고
밀린 책값 갚고, 남은 빈 봉투
아, 그 홀가분함이라니!

# 4
## 가슴 먹먹한 사랑

하늘이 땅에서 높음 같이
동(東)이 서(西)에서 먼 것 같이
그렇게 길이 다른 사랑
상상이나 해보셨나요?

 • • • • • • • • • 천국의 계절

# 손님

오십 넘도록 함께 살면서
강짜 한 번 부린 적 없이
수더분하기만 하던 나의 위(胃)에
가슴 섬뜩한 손님이 찾아 왔네

놀란 가슴으로 중앙에 올라가
몽둥이찜질로 몰아내기는 했는데
영토 삼분의 이를 떼어 주고도
항암 치료 숙제로 남았네

손님,
잠시 왔다 가는 사람
자식이라도 장성한 뒤에는
올 때 반갑고 가면 더 반갑다는데

종양,
자네도 잠시 왔다 떠날 손님
남은 복병 데리고 어서 가시게나!
제주 유람 잔치 준비 중이라네

# 연주회장에서

턱시도 입은 아들
피아노 의자에 앉아
건반 속 쇼팽을 깨우고

귀 열고 숨 멈춘 이들
청중석 깊숙이 앉아 듣는데
발 조이고 서 있는 엄마

콩콩 빌자국 소리
문 여닫는 소리 단속하느라
마음까지 조이며 서있다

너를 잉태하던 날부터
마음 늘 서 있었지
세상 모든 엄마들 마음이지

# 남편의 눈물

아들의 출국 앞두고
공항에서 손잡고 기도하다
끝내 울음 터뜨린 남편,

훌쩍 커버린 아들 앞에
키 작아진 왜소한 아빠가
가슴에 기대어 울었다

마누라 앞에서도
꼭꼭 싸매기만 했던 가슴이
아들 앞에서 터져 버렸나 보다

그날 이후로 나는
온순한 아내이고 싶어졌다
눈물이 고함보다 센가 보다

# 부엌

칠십 평 빌라 마나님
한 평 반 우리 집 부엌을 보고
부엌이 좁아 일하기 힘들겠다고 했습니다

열두 평 원룸 마나님
한 평 반 우리 집 부엌 보고
부엌이 넓어 일하기 좋겠다고 했습니다

달랑 연탄 화덕 하나뿐이넌 자취방,
마당에 수도꼭지 하나로 다섯 가구 씻고 쓰고
겨울이면 꽁꽁 얼어붙어 녹여야 했던 사글세 집

출발점이 거기인 내게는
스텐 싱크대, 실내 수도꼭지만으로도
감지덕지 과분한 축복이라 여겨 행복하답니다

# 아버지와 고추건조실

고추 말리는 냄새 자욱한
팔월의 골목길 들어서면
고단했던 아버지 여름 생각나
왈칵 눈물 솟구쳐 흐릅니다

연탄 화덕 여덟 개쯤 피워 넣은
두 평 반 매캐한 찜통 고추건조실
땀으로 퉁퉁 불은 아버지 얼굴
낙숫물 같은 땀 연신 쏟으셨었지

늘 거기 계시겠거니
무심했던 효심, 가신 뒤에 더욱
아버지 그 사랑 깊이에 눌려 사는
죄인들이 되었습니다.

자식 대학 보낼 꿈으로
고추건조실 지으셨다는 아버지
그저 있어도 숨 막히던 삼복더위에
어찌 불 화덕 속 사셨단 말입니까?

# 들깨와 가로등

들깨 밭 꽃피면
골목길 가로등 까막눈 되어야 했지

지팡이 짚은 어르신들
밤 마실 어두워도 불평하는 이 없었지

우리네 어르신들
살아오신 날들이 늘 그랬지

너 영그는 일이라면
나 하나 불편한 것쯤 아무 일도 아니었지

오늘 들깨 타작 하는 날
가로등 활짝 눈 떴다!

# 둘이 친구다

대숲 옆구리 끼고
적송 세 그루 앞으로 안고
스무 살 붉은 벽돌 집
언덕에 산다

빠른 걸음 십오 분
느린 걸음 이십오 분
호수는
동쪽에 산다

둘이 만난 적 없지만
안주인 걸음
집과 호수 날마다 오가니
둘이 아는 사이 같다

호수 위로 오신 해님
적송 꼭대기 날마다 지나니
해님 발 닿아 주인 발 닿아
둘이 친구다

# 피아니스트에게 악기는

한 시간 삼십 분
턱시도 흠뻑 젖는 연주 마치고
갓 산고 끝낸 산모처럼 축축한 몸
자리에 누운 채 어미에게 손을 내민다

수 천리 건반 길 달려 지친 손가락
어미가 꼭꼭 주물러 주는데
녀석이 눈감은 채 도리질 하더니
손바닥 사정없이 뒤로 썪어 날란다

일러주는 대로 사과 빠개듯
힘주어 손바닥 뒤로 꺾어주고
수제비 반죽 늘이듯 손가락 당겨주니
그제야 '아, 시원하다' 를 연발한다

피아니스트에게 악기는
피아노가 아니라 그의 손이라고,
그 악기 하나 정교하게 다듬기 위하여
피아니스트, 국경 넘어 뼈를 깎는다

# 누에 커플 사랑이야기

육십여 년 한 지붕 아래 살던 부부도
마지막 흙집 누울 때는 홀로 들어가 눕는데
사십구 일 짧은 생애 눈이 맞은 누에 커플
영면에 들어갈 침실
막무가내로 둘이 함께 짠다네

순리 무시하고 지은 두리 뭉실 고치 궁전
제사공장 기계로는 실마리 풀리지 않아,
헐값에 눈 흘김 당하다
끓는 물 수중찜질 당하고
네 모서리 잡아 늘려 명주솜으로 거듭나니

예로부터 중국에선
누에 커플 금슬 꿈꾸며
서민 결혼식에도 명주솜이불은 필수,
봄 여름 가을 겨울 사계절 넘나드는
전천후 명품 사랑이불이라네

# 시골 생활 예찬


논둑밭둑 구불구불 어둔 새벽길인 줄 알았는데
밝고 평평한 길 오십 보 걸어 새벽기도 갑니다

끼니때마다 동네마트로 달려가던 발이
된장 풀어 찌개 안쳐놓고 파 뽑으러 텃밭 갑니다

머리 하얗게 세어버린 시골농촌
손수레 끌힘만 있어도 이웃에게 큰 힘이 됩니다

적게 벌어 적게 쓰는 지혜
많이 벌어 많이 쓰는 것에 지지 않는 축복,

삐~ 삐~ 전자 단추 누르기에 진력난 그대여
시골로 오세요, 흙 가까이 창조의 삶이 있습니다

# 가슴 먹먹한 사랑

하늘이 땅에서 높음 같이
동(東)이 서(西)에서 먼 것 같이
그렇게 길이 다른 사랑
상상이나 해보셨나요?

하늘은 땅에서
얼마나 높을까요?
동(東)은 서(西)에서
또 얼마나 멀까요?

수준 차이 난다고
성격이 맞지 않는다고
남남이 되는 세상에서
당신 사랑 생각합니다

하늘에서 땅까지
동(東)에서 서(西)까지
수준차이 넘어 오신
가슴 먹먹한 사랑입니다

# 봄비 기다리는 사람들

해마다 봄이면
봄비가 반가운
내 동생은 산림청 사람이다

산불 뉴스에 가슴 철렁하고
봄비 오시면 한숨 돌리는
산림청 사람들과 그의 가족들

봄비 소식 함께
손꼽아 기다리는 것은
아카시아 꽃 소식이다

아카시아 꽃 소식을 기점으로
산불지킴이 빨간 모자 벗고
우리 형제들도 긴장을 벗는다

# 시골 노모의 봄


평생 농사로 고스러진 몸
인공 디스크로 허리 괴고
인공 관절에 지팡이 까지 짚고서도

봄 오면 으레 버릇처럼
무엇을 심을까?
무엇을 가꿀까? 들뜨는 마음

노는 토요일 앞두고
먹을거리 볼거리 찾아 떠나는 사람들
고속도로 금요일부터 북새통인데

금쪽같은 내 새끼들 어디로 갔나?
손바닥만 한 텃밭 일구는 일로
시골 노모, 근심이 태산 같다

# 회복의 다리
### -위암 수술 마치고


바다에 발 묻고
허리 잠긴 섬들
어깨 닿게 가까워도
바라만 볼 뿐이었는데

바다 위 만리장성
새만금 다리 놓여
마른 발로 오가는
이웃 마을 되었네

위암 손님 오셔서
한 뼘 새만금 다리
내 복부 위에도
아름답게 놓여,

추억에 발 묻고
멀리 서 있던 이름들
다시 만나는
회복의 다리 되었네

# 고모(姑母)

엄마 이름 수없이 부르고 자랐으면서도
어미가 되어서야 엄마 마음 알게 되듯이

고모 이름 부르며 자라고 나이 먹었어도
고모가 되어서야 고모 마음 알았습니다

고모, 또 하나의 엄마 이름,
뼈마디 노곤노곤 피가 당기는 사랑입니다

그 사랑 받을 때는 고모마음 몰랐고
고모가 되어 그 이름, 의미를 알았습니다

# 어중간

자기계발에 올인 하느라 어떤 이는
금쪽같은 자식들에게
라면을 세 트럭이나 먹였다고,
그것도 컵라면이었다고 고백했다

하지만 우리 그니,
오직 가스 불 압력밥솥 밥만 좋아해
신통방통 전기압력밥솥 모셔두고
가스 불 밥만 지으며 살아온 나는

집안일도 어중간
자기계발도 어중간
하고 싶은 일 올인 하지 못하고
어중간 인생으로 오십을 살고 있다

올인! 올인을 외치는 세상에서
때론 아쉬운 맘 들다가도
무탈하게 여기까지 살아온 비결이
그 어중간 덕분이라는 생각이 들었다

# 성향대로

꽃들도 저마다 제 마음에 맞는 때에 옵니다
개나리, 진달래, 꽃샘바람 부는 이른 봄에 오고
나팔꽃, 해바라기, 푹푹 찌는 여름에 오고
코스모스, 쑥부쟁이, 서늘한 가을에 옵니다

꽃들도 저마다 자기 좋아하는 자리 있습니다
도라지, 원추리, 산이 좋아 산에 피고
고마리, 물봉선, 물이 좋아 물가에 피고
들국화, 민들레, 넓은 들이 좋아 들판에 핍니다

자기 자리, 자기 때에 맞추어 피는 꽃
나무라지 않고 있는 그대로 반겨 주듯이
사람도 성향대로 봐주면 좋겠습니다
서로 달라 더 좋은 이유 알아주면 좋겠습니다

# 액세서리 즐기기

나이 들어가며
사연담은 액세서리 하나 둘 생겨
밋밋한 옷차림 멋 내기로
일상에서도 자연스레 즐기게 되었습니다

그보다 더 좋아하는 액세서리 있으니,
봉선 호수 아침 금빛 햇살 브로치
해지는 저녁 하늘 붉은 스카프
비 개인 오후 천방 산(山) 구름 목도리

오월 논배미 개구리 울음 소리
한 여름 풀벌레, 매미 노래 소리
대숲(竹)식구들 지저귀는 새 소리
몸을 스치는 장난기 어린 바람 소리

그들이 없는 계절 옷 얼마나 밋밋할까?
파도 찾아 단풍 찾아 먼 길 가지 않아도
내가 항상 행복한 이유
계절 총망라한 액세서리 즐기기 덕분이다

# 그리움이란 말을 배우다

당신을 만나기 전까지
나의 어린 그리움 막연하여
꽃피는 봄, 열매 익는 가을에도
슬픈 노래만 불렀습니다

목숨 주신 사랑 믿어지던 날
슬픈 노래 그치고
새 하늘과 새 땅이 열려
기쁜 노래만 부르게 되었습니다

혼자 그리움은 슬픔이요
그리움 둘이 만날 때 기쁨이 된다는
그 기막힌 사랑이야기
오늘의 말씀으로 들었습니다

당신을 만나기 전
그리움이 슬픔이었던 이유를 알았습니다
당신을 뵈온 후
그리움이 기쁨이 된 이유를 알았습니다

# 5
## 점검

당신의 귀, 누구입니까
당신의 눈, 누구입니까
당신의 입, 누구입니까

 • • • • • • • • • 천국의 계절

# 인생 티켓

2년 만에
두 달 말미 잡아 오면서
녀석이 끊어 온 것은
왕복 비행기 탑승권이었습니다

달 두 개로 빚은 시간 아이스크림,
공중 나는 새가 채갈까
바람이 안고 갈까
어미는 입도 뻥긋 못했었습니다

차마 한 입 베어 물지 못하고
가만가만 아껴 두어도
장맛비에 녹고 풀벌레 소리에 잦아들어
빈 그릇만 남았습니다

출국장 유리문 무늬 틈새로
멀어지는 아들 뒷모습 좇으며
첫울음 때 받은 내 인생 티켓도
다시 돌아가야 할 왕복권임을 깨달았습니다

# 나물을 다듬으며

겹겹이 껴입고
겨울 넘어 온 냉이

캐는 데 한 시간
다듬는 데 두어 시간

누더기 벗겨내고
잔뿌리 긁어내고

나물 다듬는 일이나
시(詩)를 다듬는 일이나

내게는 한 가지 일
마음 다듬는 일이다

# 내 나이

들길 걸어가며
찔레 꺾어 먹고
산딸기 따먹을 때는
내 나이 유년이 되고

갓난아기 품에 안으면
내 나이 삼십 대 초반
첫 아이 낳았을 때 감동
온몸에 전기 흐르는데,

나이쯤 잊고 살다가도
안경 쓰고 돋보기 들고
깨알 글씨 쪼아 먹을 때는
내 나이 얼마인지 알긴 했지만

어제 오후
쇠망치로 한 대 얻어맞았다!
내 나이 만 오십 넘었다고
실손 보험 거부당했다!

# 이태리타월

이태리타월
때 닦아주는 사명 가지고
욕실에 한두 개쯤 걸려 있는,
때타월이라 부르기도 하지요

하지만,
남 닦아주기 앞서
더 우선해야 하는 것은
때타올 자신의 청결이랍니다

땟국으로 찌들은 타월
대충 씻어 자칫 쉰내가 날 때는
남의 몸 씻기기 앞서
자신부터 깨끗이 씻어야 하지요

이태리타월, 사명 감당 위하여
자신 먼저 깨끗이 씻는 것처럼
나도 나의 사명을 위하여
마음 씻기 늘 우선 해야겠습니다

# 마음

내 마음이라고
마음 가는 대로
하지 못하는 것은

만물보다 심히 부패한 것이
사람의 마음이란 말씀
알고 있기 때문이다*

해 밝은 날 바지랑대 높이 널어도
얼룩 없을 마음이라
자신할 수 없기 때문이다

오늘의 선택으로
내일을 사는(買) 지혜
나이로 배웠기 때문이다


*구약성경 예레미야 17장 9절 참고

# 점검

당신의 귀, 누구입니까
당신의 눈, 누구입니까
당신의 입, 누구입니까

장애 입은 귀 아닌지
심각한 난시는 아닌지
비뚤어진 입 아닌지
한 번쯤 점검해보세요

마음 멀어지게 하는 것
눈에서 멀어지는 게 아니라
잘못 접수된 말 한 마디
주범일 때가 있습니다

# 변수

마음대로 안 되는 세상
모처럼 놀러가기로 한 날
비가 오기도 하고
정기모임 앞두고 초상이 나기도 하네

내 계획대로 안 될 때마다
불같이 화를 내고 핏대를 올리며
원망과 시비로 관계를 접기에는
생방송 인생 너무 짧다네

피할 수 없는 변수를 활력소로
외부, 내부, 자극을 즐길 수만 있다면
산호초 사이 누비는 열대어처럼
인생을 탄력 있게 살 수 있으리니,

내일의 주인이 내가 아니듯
오늘도 내 것이 아니네
내 마음대로 안 되는 세상에서
변수, 탄력으로 즐기며 살기로 하세

# 심은 이가 거둔다

겨우내, 지팡이 짚고
병원 출입하시던 노인이
봄 되어 팍신하게 언 땅 풀리면
버릇처럼 논밭으로 나가신다

곰삭은 감나무
봄 입김 문안에 새 잎으로 답하듯
평생의 벗 대지와의 우정
등 굽은 몸이라고 외면할 수 없었나 보다

봄에 씨 뿌리고
여름에 서너 말 땀 흘려 가꾸고
가을엔 거두어들이는데
봄에 심은 이가 가을의 주인,

팔순 노옹이 심은 자리에도
알곡으로 가득하다
눈물로 씨를 뿌리는 자가
기쁨으로 거두리라는 말씀에 생각 깊다*


*시편 126편 5절 말씀 참고

# 초연(超然)


당신이 드리우는 그림자로
내 얼굴 그늘지지 않기를

당신이 일으키는 소음으로
내 귀 상하고 데이지 않기를

세월이 주는 주름일랑
초연히 맞아들일 수 있기를

날아드는 생각의 터럭도
꽃씨로 갈무리 할 수 있기를

# 시선 멀리 두기
－위암 확진 받고 나서


호숫가 재잘대던 미루나무
아직 잠들어 주변 고요한데
발아래 일렁대는 짙푸른 물결,
섬뜩하니 오금이 저려
시선 거두어 먼 데 바라보니
오월 산 빛 내린 아침 호수
그림처럼 고요하고 아름답다

짙푸른 물결 발아래 일렁여도
멀리 두고 보는 호수
고요하고 아름답게 보이듯
오늘 당한 가슴 섬뜩한 일
시선 멀리 두고 바라보기다
그분이 하실 크신 일 믿기에
마음 고요하고 평안하다

# 화장품 샘플 천국

시골 할머니 보내주시는 샘플 화장품
젊은 엄마는 유분이 많아 맞지 않는다고
여섯 살 꼬마 손에 들려 내게로 보내져
앉은뱅이 화장대에 나래비를 선다

"사모님, 화장품 다 쓰시면 저 주세요!"
빈 샘플 병 나오기 바쁘게
어린 것이 소꿉 살림으로 다시 챙겨 가는데
"고맙습니다" 배꼽인사도 잊지 않는다

주일 오후, 유치부 꼬마천사 둘이
교회 현관 소파, 탁자 위에
빈 샘플 병 즐비하게 소꿉살림 차려놓고
흡족한 얼굴로 함박웃음 짓는다

빈 샘플 병 가지고도
저리도 행복한 웃음 웃을 수 있다면
한 뼘 반 화장대에 나래비 선 샘플 천국
어찌 감사하지 않을 수 있으리요

# 몽촌토성 야생초
### -2차 항암 치료


머리에 두건 쓴 환우 몇 분 함께
올림픽 공원 몽촌토성 산책로 오르는데
물박달나무, 소태나무, 참나무
이름표 단 나무들 사이사이로
박주가리, 달개비, 이질풀, 강아지풀
오밀조밀 착한 꽃 피우며 살고 있었다

이름표 없이 살아가는 그들
다행히 무명 시인 마음속에 그 이름 있어
이름과 사연 일러 주며 함께 걷는데
박주가리 꽃향기에 취하고
달개비 쪽빛 꽃 날개에 반한 발걸음이
세월없이 늘어진다

돌아오는 길목
철지난 야생화 학습장 만나 생각이 깊었다!
애기 포대기만한 자리마다
이름표로 살던 이 흔적 가늠할 수 있을 뿐
장마로 피폐해진 모습……

친구여, 이제 우리

이름표 없는 야생초로 살자!
바람이 날라다 준 자리 감사로 터전 삼고
이름표 없이도 덩굴 짓고 꽃피우는
몽촌토성 야생초처럼 살자!

# 두고 온 그림

아침 해 보려고 호수에 갑니다
해 뜨기 전 호수는 어두컴컴합니다
발 모두고 해님을 기다립니다

기다리던 해님 동산 위에 솟아오르면
오히려 미루나무 뒤로 숨었습니다
눈이 부셔 바라볼 수 없기 때문입니다

기다리던 사랑이 왔습니다
너무 눈이 부셔 자연으로 숨었습니다
얼굴 볼 수 없어 들꽃을 보았습니다

오래 바라다보니 그림이 되었습니다
이사 오며 그림을 두고 왔습니다
곁에 두기 버거워 숲으로 보낸 것입니다

# 나의 꿈

내가 만나는 아이들이
수도꼭지 열 때마다
상수원의 고마움을 아는
그런 아이들이기를 꿈꿉니다

내가 만나는 아이들이
달콤한 과일 잼을 먹으며
잼 솥 열기 그 손길 생각하는
그런 아이들이기를 꿈꿉니다

내가 만나는 아이들이
밥 한 공기 먹으면서
구릿빛 농부 얼굴 기억하는
그런 아이들이기를 꿈꿉니다

진정 내가 주고 싶은 것은
감사와 사랑과 섬김,
아이들 미래 행복이
그 속에 있기 때문입니다

# 아우의 눈물

기술고등고시 수석 합격으로
공직의 길에 들어선 아우,
누나는 일터 주변 잔잔한 평안을 구했을 뿐
승진 기도 한 번 올리지 않았는데……

청주고 재학시절,
화장실 가는 시간도 아깝다고
아침에는 국 없이 밥만 달라던 성실과 끈기 덕분인가
새해 첫날 고위직으로 승진발령을 받았다

고향 마을 어귀 플래카드 주인공 되어
막걸리랑 귤 박스 사 들고 동네 어른들께 인사드리고
자신의 승진이 부모님과 형제들 덕분이라고
잔잔한 감동을 담아 누이에게 메일도 보내왔다

중앙으로 신년 교례회 다녀오다 버스에서 울었댄다
따로 통신 기능이 없는 하늘나라 가신 아버지께
삼남 승진 소식 알려 드릴 길 없어
나이 오십 먹은 사내가 뜨거운 눈물 펑펑 쏟았댄다

# 아버지 일기장

아버지 소천 하신 후에
생전에 쓰시던 노트 보았습니다
금전출납부 겸 전화번호부 겸
날마다 써오신 일기장이었습니다

그 속에는 팔남매 전화번호 역사
고스란히 남아 있었습니다
신혼 시절 처음 놓았던
우리 전화번호도 있었습니다

아버지 일기장에는
빗금으로 지운 이름 하나도 없었습니다
자식 가슴에 피멍 들게 한 이름도
그대로 남아 있었습니다

"걔도 악(惡)애는 아닌데 어쩌다 그렇게 됐어"
어느 누구 하나 가리지 않고
측은지심으로 가슴에 품고 살아오신
아버지 생전의 모습 그대로였습니다

# 주부

딸린 식솔
많으면 많은 대로
적으면 적은 대로

하루나 사흘 말미
길면 긴대로
짧으면 짧은 대로
따르는 생각 많아

마음 길 열리는 날엔
발 묶는 일 생기고
발길 열리는 날엔
제 스스로 마음 묶여

잎 따라 꽃 따라
먼 길 나서지 못하고
오늘도 동네 한 바퀴
연못 가 맴도는 송사리 같다

# 아, 우리가 사람이었지

언제부터인가 나는
사람과의 관계 속에서
말로 엉키게 될 때나
감정이 상하게 될 때면,

얼른 정신을 차리고
'아, 우리가 사람이었지'
자신을 향하여
읊조리는 버릇이 생겼다

우리의 현실은
타락한 아담의 후손으로
마모된 볼트,
꼭 맞지 않아 흔들리는 존재다

'아, 우리가 사람이었지'
나의 못난 것 받아들이고
너의 못난 것 품을 수 있는
그 이유와 비결이 되었다

# 현실에서 천국을 앞당겨 누리는 초월의 시학

## —이영재의 시세계

손희락(시인·문학평론가)

## 1. 삶과 의식

기독교인의 절대적 소망인 '천국'은 죽음을 통과한 후에 누리는 영적 세계다. 사후(死後)의 영광을 누리기 위하여, 이 세상 부귀영화를 일부분 포기하며 경건하게 살아간다. 각자 사명을 인식하고 고난에 동참하거나 영적 성화를 위하여 몸부림치는 것은 천국에서 누릴 영광에 '차등'이 있고 '격차'가 있음을 확신하기 때문이다.

예수가 좋아서 자발적 포로가 된 이영재의 '삶과 의식'은 현실에서 영원의 세계를 앞당겨 누린다. 시의 소재는 일상에서 혹은 자연 속에서 획득하고 있지만, 어린아이처럼 노래하는 목소리는 원초적 고향인 천국에 닿는다.

머리에 머물기만 하고
가슴까지 내려오지 않는 깨달음이라면
그 앎으로 남 가르치지 말기다

가슴 뜨거웠어도
손발 까지 내려온 사랑 아니라면
그 열의 강도로 남 가르치지 말기다

머리에서 가슴으로
가슴에서 손발까지 내려온 깨달음이라면
굳이 말을 도구로 가르칠 필요가 있겠는가

—「깨달음에 대하여」 전문

이 시는 중량감 있는 메시지를 함축하고 있다. 매주 설교하는 남편을 바라본 '목회자의 아내'가 아니면 시적 발상조차 얻을 수 없는 내용이다.

이 땅에 수많은 대형교회가 있고, 프로필 거창한 목회자가 있어도 예수의 사랑을 지식적으로 수용하여 전파할 뿐, 실천하지 않는데서 파생되는 부작용은 심각하다.

1연과 2연에 언급된 타인을 가르치는 자의 '기본 자격'은 머리와 가슴, 손발까지 사랑으로 충만한 자이다. 만약 그렇지 않다면 강단에 서서 가르치지 말아야 한다고 질타한다.

3연에서는 말보다는 '행동의 가르침', 유창한 설교보다는 '인격적 가르침'이 중요하다는 메시지로 끝맺음을 한다. '행함 없는 믿음'은 죽었다고 인식하기 때문이다.

시인은 이런 진리를 어느 날 깨달았다고 말한다. '깨달음의 시기'에 대해서는 알 수 없지만, 가르치는 자의 '언행일치'에 대한 심각한 진술이다.

이런 시의 형상화에는 언행일치를 '삶의 우선순위'에 두고 기도하고 있다는 자아 독백이 내포 되어 있다. 시는 고백의 예술이며 자아의식의 표출이기 때문이다.

이영재의 시는 자아 확인에서 출발한다. 궁극적 세계를 지향하는 성찰에 이르고, 진리적 메시지로 귀결되는 특징을 보인다.

부드럽지만 날카롭고, 이미지가 엉성하게 짜인 것 같은데, 안타까운 '숨소리'가 촘촘히 느껴질 만큼 진솔하다.

달랑 아들 하나 둔 나는
아이 둘 셋 거느린 엄마 보면
무조건 존경하고 싶어진다


새끼 일곱 낳은 진순이
밥 주러 갈 때마다
머리 쓰다듬어 준다


병아리 아홉 거느린
어미 닭 앞에도
절을 하고 싶어진다


—「존경심」 전문


　3연 9행으로 짜인 이 시는 '언어의 유희'는 찾아볼 수 없
는 평이한 작품이다. 이영재는 개나 닭이나 할 것 없이 다
산(多産)이 소원이다. 경제적으로 넉넉하지 못한 목회자의
아내이다 보니 교인들의 부담을 덜어주기 위하여 아들 하
나 달랑 낳았겠지만, 영적 자녀들만큼은 수없이 낳기를 소
원하는 심정이 표출되고 있다.
　개든지 닭이든지 새끼 많이 거느린 것이 부러워 그 앞에

고개 숙여 절을 하고 싶다는 의식은 얼마나 독특한가? 다산에 빗댄 표현기법은 단순하지만, 내포된 의미는 지극히 크다. 주일 예배 시간, 빈자리를 응시하다가 한 영혼이 모습을 드러내어 그 공간을 채워 줄 때, 기뻐하는 목자의 심정을 빗댄 작품으로 '영혼 사랑', 그 애절함을 감지할 수 있다.

지금은 도시를 떠나 '전원생활'을 추구하는 시대이다. 시골예배당도 청년들의 활기 찬 눈빛으로 차고 넘치는 날들이 오기를 기원해본다.


## 2. 의식의 순수와 시심의 조화

시는 시인의 분신이며 실체이다. 실존적 세계에서 긴 시간을 보내고도 때 묻지 않은 감성을 소유한 내면을 탐색해본다.

넓은 들판, 대 자연 속의 호숫가를 한 마리 새처럼, 혹은 어린아이 같이 사뿐사뿐 걷고 있는 모습은 탐욕과 쾌락을 추구하는 현대인들과는 조화되지 않음을 확인하게 된다.

　　시골은 키 재기 하지 않는다
　　큰 산 작은 산 아래

올망졸망 키 작은 집짓고 산다
교회 종탑도 산 아래다

도시는 키 재기 좋아하나 보다
산 보다 키가 큰 집 짓고
빌딩 숲 사이를 누비는 사람들도
키 높이 신발 신고 키 재기 한다

어쩌다 상행 선 기차를 타면
서울 가까이 갈수록
점점 더 우거지는 시멘트 숲
가린 시야가 답답하고 성가시다

키 작은 집과 사람들 함께 살면서
탁 트인 시야를 좋아하는 나는
반나절도 지나지 않아
두고 간 시골이 그리워진다


—「시골 사랑」전문


4연 16행으로 짜인 이 시는 시골과 도시를 대조시켰다.

키 큰 집과 키 작은 집을 비교하면서 동시풍의 언어를 취택했다. 엇비슷한 단어들이 중복 되어 충돌도 일으키지만, 거부감 없이 읽혀진다.

이영재는 시골 생활이 딱 맞는 것 같다. 복잡한 도심의 새장에 가두어 놓으면 탈출하여 자연으로 돌아갈 수밖에 없는 순수를 사랑하는 서정 시인이다.

문장의 진술에서 구체적으로 노출되지 않았지만, 단지 시골이 그리운 것이 아니라, 교회에 두고 온 사람들, 어린 아이에서부터 노년에 이르기까지 위탁 받은 양 떼들이 '그립다' 는 의미로 해석된다.

운명적으로 타고난 목회자의 순박한 아내이고, 희생적으로 젖 물리는 성도들의 영적 어머니이다.

언어 취택이나 표현 기법에 있어서도 순수하다. '키 재기' 라는 단어 앞에서 '웃음' 이 절로 터지는 것은 시의 표정이 천진난만하기 때문이다.


아들의 출국 앞두고
공항에서 손잡고 기도하다
끝내 울음 터트린 남편
훌쩍 커버린 아들 앞에
키 작아진 왜소한 아빠가

가슴에 기대어 울었다

마누라 앞에서도
꼭꼭 싸매기만 했던 가슴이
아들 앞에서 터져 버렸나보다

그 날 이후로 나는
온순한 아내이고 싶어졌다
눈물이 고함보다 센가보다

— 「남편의 눈물」 전문

  사역의 파트너 '목사님'의 존재가 궁금했는데 마침 이 시가 눈에 띄었다. 나약한 딸도 아닌 늠름한 아들의 출국장 앞에서 기도하다가 울음을 터트린 장면을 상상해 보았다. 천성적으로 '눈물 많은 분'이라는 생각을 하게 된다.

  이영재의 남편, 조광현 목사가 시무하는 시초교회 성도들은 왠지 행복할 것 같은 생각이 든다.

  자식을 위해 간절히 기도하는 목회자의 가슴 속에는, 소중한 양 떼들의 둥지도 존재한다. 신성한 교회마저 '돈의 리얼리즘'에 지배당한 현실에서 성도들은 이구동성으로

'참 목자'가 그립다고 말한다.

외형적으로 스펙(specification)이 화려한 목자보다는 양들을 위하여 눈물 흘려 기도하며, 자신을 바쳐 희생하는 진실한 목자가 귀한 시대이기 때문이다.


겹겹이 껴입고
겨울 넘어 온 냉이

캐는 데 한 시간
다듬는 데 두어 시간

누더기 벗겨 내고
잔뿌리 긁어내고

나물 다듬는 일이나
시를 다듬는 일이나

내게는 한 가지 일
마음 다듬는 일이다


—「나물을 다듬으며」전문

이 시의 중심 메시지는 2연에 있다. 냉이를 캐는 데 한 시간 소요 되었지만, 다듬는 데는 갑절의 시간이 필요하다고 진술한다.

4연에서는 '나물 다듬기'와 '시 다듬기'를 동일 시 하여 성찰의 작업으로 묶어 버렸다.

이영재 시학의 특징은 간결한데 있다. 이 시도 자아 체험을 일체 꾸미지 않고 툭툭 내뱉은 진술인뿐이다. 쉽게 씌어진 것 같아도 마음을 청결하게 하는 작업을 거친 후에 완성된 시편들임을 유추하게 된다.

이 시에서 '마음을 다듬는 일이다'라는 표현은 신앙적 경건의 의미를 내포하고 있는 동시에 자아시학을 대변하는 적절한 표현이다.

현실을 수용하는 삶과 순수한 시심의 조화가 빚어낸 시세계는 다작(多作)으로 이어지고 있지만, 독특한 맛과 향기를 발산하면서 진리적 메시지 안착에 어느 정도 성공하고 있다.

## 3. 일상에서 일구어 낸 따듯한 서정

이영재의 시가 상생의 언어로 다작(多作)이 가능한 것은 일상에서 보고 느낀, 사람, 사물, 사건들을 시의 주제로 삼고 있기 때문이다. 사건이나 사물을 응시하다가 번개같이 스치는 '깨달음'을 포착한다.

대자연 속을 걷다가 침묵으로 웃고 있는 '사물의 몸짓'을 해학적으로 읽어내는 시안(詩眼)을 가졌다.

언어의 절제나 시적 기교는 농익지 않았지만, 시속의 풍경이나 메시지와 대면토록 유도하여 초월적 세계로 이끌어 간다.

사건이나, 사물에서 건져 올린 심리적 흔적(Trauma)을 형상화했기 때문에 시의 의미를 숨기기보다는 드러내면서 소통을 시도한다.


종종걸음 어렵사리 짐 꾸리고
택배 차 시간 약속하고
보내는 마음 며칠 전부터 분주하다


잘 도착했다고 맘에 쏙 든다고
전화 받고 나서야
휴우~ 하는 게 택배지만


잘 갔느냐고 맘에 드느냐고

먼저 전화 하는 이는
대개 보낸 사람이다

날마다 하늘에서 택배가 온다
궁금해 하시는 하늘 아버지 마음
택배 보내다 깨달았다

하늘 아빠 아버지께 감사 답문 올린다
이팝꽃 향기 잘 받았다고
오늘 봄비 택배 잘 받았다고

—「택배」전문


    이 시는 평범한 일상에서 발상을 얻었다. 1연에서 3연까지의 9행은 택배를 보내기까지 과정이나 보낸 후의 심적 상태에 대한 진술일 뿐이다. 여기까지는 시가 되지 못한다. 누구나 표현할 수 있는 문장일 뿐이다. 그러나 4연에서 시인은 날마다 '하늘에서 택배'가 온다고 주장하면서 시의 반전을 이룬다.

    바람이 전해주는 택배가 온다고 형용한 상상력은 대단하다. 쉽게 생각할 수 없는 아이러니이기 때문이다. 결미에서

보니 택배 내용물은 '이팝꽃 향기'이고 추적추적 내리는 '봄비'이다. 자연의 현상은 보편적이고, 그 택배는 만인 공유물인데, 자신에게 보내준 '하늘의 택배'라고 주장하면서 나는 특별하다, '존재 가치'를 부각시켜 놓았다.

3연까지의 평범한 진술을 일순간 뒤집어 놓았고, 결론에서 '감사의 답문'까지 올리며 잔잔한 웃음을 독자들과 공유한다.

치열한 생존경쟁 시대, 스트레스에 노출된 현대인들에게 필요한 시가 있다면, 이렇게 순수하면서 의미 깊은 작품들이 아닐까 싶다.


## 4. 현실에서 천국을 앞당겨 누리는 초월적 삶

날마다 하늘에서 '택배'가 온다고 주장하는 시인의 의식은 독특하다. 현실에 대한 직관이 유별난 까닭에 사물이나 사건을 처리하는 관점도 특이하다.

고로 편안하게 살 수 있는 넓은 길을 버리고, 좁을 길을 걷는 목회자의 아내가 되었는지도 모르겠다.

인생의 계절

한 번뿐임을 불쌍히 여겨
해마다
봄을 선물로 주시나 보다

하지만
봄을 비우는 일
밥그릇 비우는 일 같아
먹은 만큼 쇠해지니

이를 안타까이 여겨
천국을 주셨나보다
천국의 계절
봄일 것이니

—「천국의 계절」 전문

평자는 이번 시집의 표제시를 음미하면서 시인의 삶을
추적해 보았다. 결론은 참 '행복한 여자' 이구나 하는 생각
이 들었다.

이 시의 1연에서 인생은 단 한 번뿐이라고 진술한다. 단
한 번뿐이기 때문에 해마다 봄을 선물로 주신다고 깨달음

을 표현했다.

2연에서는 '봄을 비우는 일' 과 '밥그릇 비우는 삶' 을 하나로 묶었다. 밥 먹는 것이나 봄이 한 번 지나가는 것이나 동일한데, 점점 죽음에 근접하고 있는 운명적 존재임을 환기 시킨다. 3연에서는 죽음이 있기 때문에 영원한 천국이 있다고 단정한다.

이 세상에서 봄을 즐기는 건 찰나이지만, 천국에서는 무한한 봄을 누리며 즐긴다는 시인의 인식은, 기다림의 미학으로 충만하다.

하늘에서 날마다 내용물이 다른 '택배' 가 온다고 주장하는 삶은, 세상과 천국이 명확하게 구분되지 않는다. 선긋기가 애매모호한 것은 실존적 삶을 초월하고 있기 때문이다.

기독교인은 사후의 천국을 누릴 것이 아니라, 고달프고 힘든 현실에서, 미래의 천국을 앞당겨 누리다가 병들고 낡은 육체를 벗어야 한다는 심오한 메시지가 내포 되어 있다.

욕조에 널브러진 속옷가지
따뜻한 물에 세제 풀어 땟국 빼고
비누로 한 번 더 비벼
삶는 빨래 양푼으로 들어가고

손 만두 모양 도르르 말려

방바닥에 뒹구는 양말짝

비누로 치대고 비벼

양말 대야에 집어넣는 일


날마다 반복되는 일상이라도

그리 싫지 않은 것은

내 맡은 역할이

행복한 콩쥐이기 때문이다


행복한 콩쥐 좋아하는 책은

창세기 1장

행복한 콩쥐 좋아하는 말은

재창조도 창조다


—「행복한 콩쥐」 전문


1연과 2연의 진술을 보면 표현이 참 재미있다. 3연에서
자신을 '행복한 콩쥐'라고 소개하면서 빨래하는 일은 내 역
할이라고, 당당하게 외친다. 나는 궂은 일만 죽도록 하는
'행복한 콩쥐'라는 자부심이다.

결론에서 시인은 '재창조도 창조다'라는 말을 좋아한다고 했는데, 이 한 마디를 안착하기까지 통찰이 돋보인다. 행간에서 반짝이는 시어가 없어도 결론에 안착시킨 한 마디가 시적 긴장을 유지한다.

세탁기는 어디다 두고서 손빨래를 하고 있는지 몰라도 육체적 노동마저 즐겁고 기쁘게 하는 모습에서 고단한 삶에 대한 불평이나 불만은 찾아볼 수가 없다. 냄새나는 양말을 세탁하여 사랑하는 남편에게 내어 놓는 일이 재창조의 '신성한 작업'이라고 인식하고 있기 때문이다.

동화에 등장하는 콩쥐처럼 일하면서도 '재창조'를 외치고 있으니 불평, 불만은 전혀 없을 것이다. 물질적 소유의 양을 떠나서 현실에 대한 불평, 불만이 없다면, 그 심적 공간이 바로 평화로운 천국이 아니겠는가, 판단된다.

칠십 평 빌라 마나님
한 평 반 우리 집 부엌을 보고
부엌이 좁아 일하기 힘들겠다고 했습니다


열두 평 원룸 마나님
한 평 반 우리 집 부엌보고
부엌이 넓어 일하기 좋겠다고 했습니다

달랑 연탄 화덕 하나뿐이던 자취방

마당에 수도꼭지 하나로 다섯 가구 쓰고

겨울이면 꽁꽁 얼어붙어 녹여야 했던 사글세 집


출발점이 거기인 내게는

스텐 싱크대, 실내 수도꼭지만으로도

감지덕지 과분한 축복이라 여겨 행복하답니다


—「부엌」 전문


이 시는 작고 좁은 것의 미학을 모르고, 크고 넓은 것만
을 추구하는 여성들에게 심오한 메시지를 던져준다.

1연과 2연에서는 현실이 각각 다른 두 삶을 대조시켰다.
한 평 반의 좁은 부엌이지만, 관점에 따라서 행복과 불행의
양면성이 교차한다는 것이다. 3연에서는 신혼 시절 사글세
방에서 힘들게 살았던 과거를 담담하게 진술한다.

결론은 역시 '현실이 주는 행복'으로 마무리 한다. 화자
는 부엌이 좁아도 행복하다. 실내 수도꼭지 하나 달려 있으
면 즐겁게 요리한다. 그 이유는 현실의 삶과 천국의 누림이
신앙적·공간적으로 연결 되어 있기 때문이다.

이영재의 가슴 속에는 이미 천국이 구축되어 있다. 좁은

부엌 드나들어도 불평, 불만이 전혀 없으니 범사에 감사가
넘칠 뿐이다. 자신에게 주어진 모든 현실은 '과분한 축복'
이라는 진솔한 목소리가 '큰 울림'으로 와 닿는다. 오염된
탐욕을 씻기엔 참 좋은 작품이다.


　　오십 넘도록
　　강짜 한 번 부린 적 없이
　　수더분하기만 하던 나의 위(胃)에
　　가슴 섬뜩한 손님이 찾아 왔네

　　놀란 가슴으로 중앙에 올라가
　　몽둥이찜질로 몰아내기는 했는데
　　영토 삼분의 이를 떼어주고도
　　항암 치료 숙제로 남았네

　　손님,
　　잠시 왔다 가는 사람
　　자식이라도 장성한 뒤에는
　　올 때 반갑고 가면 더 반갑다는데

　　종양,

자네도 잠시 왔다 떠날 손님

남은 복병 데리고 어서 가시게나

제주 유람 잔치 준비 중이라네


—「손님」전문


이 시는 위에 생긴 종양, 암의 발견에서부터 치료에 대한 사연들을 진술해 놓았다. 생의 목덜미를 잡고 죽음으로 이끌어갈지도 모르는 '암 덩어리'를 잠시 왔다 가는 '손님'으로 인식한다.

이런 시각 역시 믿음으로 직시하였기 때문에 가능하다. 물질이든, 질병이든, 모든 것은 잠시 잠깐 머물다가 떠나가기 때문이다.

본문에는 위에 생긴 '종양'을 형상화 시켰지만, 임시적인 삶에 대하여 총체적 깨우침을 던져준다. 직접 체험한 투병 생활을 통하여 삶과 죽음, 세상과 천국이라는 형이상학적 진리를 연결시켜 놓았다.

순간에서 영원으로, 삶에서 죽음으로, 세상에서 천국으로 연결시키거나, 묶어 내거나, 대조시키는데 노련한 이영재의 시학은 현실을 초월하여 우주론에 접근한다.

암이라는 두려움과 죽음의 공포를 극복한 이면에는 임시

와 영원, 세상과 천국의 상호관계에 대한 진리적 정립이 확고했기 때문이다.

무서운 암도 잠시 왔다 가는 '손님'으로 직관하고, 후히 대접하여 돌려보내거나, 그 손님과 동거하여 하나님께로 돌아가면 된다는 시인의 의식은 신의 뜻에 절대 순응할 수밖에 없는 '운명론적 존재'라는 믿음이 견고하다.

세상과 천국의 경계를 허물어버린 '초월의 시학'으로 형상화 된 작품들은 독자들의 병든 의식을 치유하는 메시지가 될 것 같다.


## 5. 마무리

이영재의 시학, 지배적인 톤은 교훈적이다. 무의미하게 널브러진 사물을 주제로 삼아 적절한 메시지를 함축하여 던져 준다. 시의 이미지는 평이하게 짜였지만 시 쓰는 목적이나 지향점은 치밀하다.

희랍어에서 '시'는 '인간의 영혼을 끌어낸다(psychagoria)'는 의미를 갖고 있다.

임시 세상에서, 물거품 같은 탐욕 속에서, 불변의 행복, 영원한 공간으로 이끌어내기 위해 상생의 언어로 노래하고 있다.

사랑하는 남편이 목회자의 십자가를 짊어졌다면, 이영재는 시인의 천형을 짊어지고 뭇 영혼들을 견인한다.

시를 매개물(媒介物)로 삼아 좌초된 삶과 마비된 신앙을 회복시켜 원초적 고향을 기억하게 만든다. 살아 숨 쉬는 동안 영원을 예비하는 그 길만이 진정한 성공이기 때문이다. 인연 닿는 독자들의 일독을 권한다.